나무에게 빚지다

황금알 시인선 177
나무에게 빚지다

초판발행일 | 2018년 7월 31일

지은이 | 신태희
펴낸곳 | 도서출판 황금알
펴낸이 | 金永馥
선정위원 | 김영승 · 마종기 · 유안진 · 이수익
주간 | 김영탁
편집실장 | 조경숙
표지디자인 | 칼라박스
주소 | 03088 서울시 종로구 이화장2길 29-3, 104호(동숭동)
전화 | 02)2275-9171
팩스 | 02)2275-9172
이메일 | tibet21@hanmail.net
홈페이지 | http://goldegg21.com
출판등록 | 2003년 03월 26일(제300-2003-230호)

©2018 신태희 & Gold Egg Publishing Company Printed in Korea

값은 뒤표지에 있습니다.

ISBN 979-11-89205-08-9-03810

나무에게 빚지다

신태희 시집

황금알

벌써 어제로 돌아가는 시간 속에 서 있습니다.
이번 두 번째 시집을 준비하는 동안, 많이 먹먹했습니다.
많은 분들의 사랑으로 이 책은 나올 수 있었습니다.
어떻게 그 고마움을 말로 할 수 있을까요.
아낌없는 응원과 격려, 지지를 해 주신 분들과 함께 있고
싶었습니다.
이제 아름다운 이름들과 꽃송이로 앉아 도란도란 이야기하
고 싶습니다.
그리고 고백합니다. 당신을 사랑하고 있다는 이야기를 이
렇게 시로 써 보았다고요.

해
꽃
별
달

내 옆에 있는 너
네 옆에 있는 나

모두
모두
빛나는

한 글자

이 시집에 도움을 주신 페이스북 친구님들과 오랜 벗들

강방영님, 강성복님, 강영식님, 김경태님, 김기성님,
김명수님, 김양훈님, 김용진님, 김종호님, 김칠두님,
김수홍님, 김세홍님, 김현덕님, 김혜승님, 문용진님,
박노철님, 박양숙님, 변은경님, 서주희님, 이성진님,
이정봉님, 이정자님, 이재근님, 오광석님, 용석근님,
유영준님, 유재혁님, 조진환님, 최소진님, 채호정님,
한양은님, 허유미님, 황은미님, 황찬일님

차 례

1부 수런대는 봄

3부 당신의 여행은 새가 노래를 부르는 작은 묘지에서 끝날 것이다

4부 감자를 삶으면 세 개씩 나누어 먹었다

1부

수런대는 봄

봄뜻

꽃이어서
나비여서
강아지여서
사람이어서

봄이라는
단봇짐 하나

헤살헤살
풀어본다

푸른 밥상

햇살과 바람으로 간맞춘
질경이, 바랭이, 민들레, 토끼풀

상다리 부러지게 차려 낸
너른 두레 밥상

둘러앉아
고개 숙여 먹는
초식의 시간

풀물 든 잇몸들이 웃는다

벚꽃 식당

한때 지고 나면 그뿐인 꽃 이름으로
매끼 김 피워 올리는 밥을 짓는 식당

벚꽃이야 한철 눈으로 먹는 호사라지만
꽃 사라진 꽃길 맨 첫 자락에서
정식으로 맞아주는 예쁜 간판

꽃이야 지고 나면 그뿐이지만
또 태어날 꽃길이 있어
느꺼이 밥으로 꽃을 피우네

돌고 돌아 꽃 안칠 나무 아래서
벚꽃 향 마중하며
그이와 마주하는 밥상

수런대는 봄

인기척 없는 연립주택
화분에 심은 파가 졸고 있다

센서등 하릴없이 켜졌다
꺼졌다 하는 정오

고장은 아니라고
내게도 뜨거운 심장이 있노라고

가늘은 필라멘트로 전율하는 봄날

설레이는 건 꽃, 너만 아니라고

주소

자꾸 돌아오시는 당신이다

지상의 주소로
당신이 떠난 뒤로도
간간이 오는 우편물

접수되지 않은 당신의 부고로
자꾸 돌아오시는 당신이다

당신이 전지하던 목련도
오래된 주소로
눈부신 연서를 받을 것이다

저녁의 해변에서

손가락 끝에서 몇 생애가 화르륵
넘어가는 소리가 났다

어드메 배꽃 날린다는 봄
바위에 앉아 무엇을 기다리고 있었나

가만히 소라 몇 개 건네준 사람
남자는 벌써 등을 보이고

아득하게 밀려드는 갯내음

어느 생, 어느 바닷가에서 우리 만난 적 있던가요
이 생, 이 섬에선 구쟁기라 불리운다는 뿔소라처럼

미처 알아보지 못한 이름의 사내가 있었다

계절 밖의 계절

그대가 없는 곳에
저녁이 내리네요

두런두런 별 뜨고
수런수런 꽃 펴요

든 자리 몰랐었는데
떠난 자리 아득해

먼물깍에서

가시나무 뿌리를 훑고
동백나무 뿌리를 쓰다듬고
고사리삼 여린 뿌리에 닿고 온 물이
먼물깍에 도착했습니다

먼물깍에는
동백동산 뿌리의 숨결로 키워낸 순채 가득합니다
둥근 잎이 꼭 물의 눈매만 같습니다

순채 뿌리는 아무 맛도 없는 맛
그 맛을 더하면 청정무구해진다는 음식의 맛
맛의 지극은 무미여서 다른 맛을 돋보이게 할 뿐
나서지 않는 거라지요

돌고 돌아온 먼 물의 맛을 보고 싶습니다

새별, 그 여자

뜨겁지 않던 사랑은 없었다
사랑의 한때는 마그마였으니
타들어 가지 않기 위해
솟구친 죄밖에 없다
끓어올랐던 저 부피만큼의
레드홀*로 재가 날아든다

화득거리는 상처 위로 재가
재 위로 흙이
흙 위로 풀씨가
풀씨 위로 풀꽃이
풀꽃 위로 별빛이
내려오시기까지

사랑한 죄밖에 없다

* 분화구

흰,

앵두가 맺힐 자리마다
한 걸음씩 꽃이 피네

선약이 있는 여자처럼
발꿈치가 가벼운 꽃이 피네

볼우물이 깊은 여자처럼
잠시 웃어도,

화들짝 가슴을 파고드는
꽃이 피네

하얀 앵두꽃이 내 곁에서 자고 갔네

속도위반

꽃이 제 속도로 피고 있다
꽃으로 얼굴을 묻자
꽃은 잠시 제 속도를 내려놓고
향기로 웃는다
내 속을 다 들키도록
나는 얼굴을 쉬이 들지 않았다
꽃은 속도를 잊고
향기로 눈물을 닦아주었다
꽃은 속도를 잊고

달뿌리풀

내를 건넙니다
젖은 뿌리로 건넙니다
겅중겅중 물을 털고 나와
또 기쁨의 마디로 자갈밭을 건너갑니다
당신에게로 가는 길
자줏빛 피가 맺힙니다
달이 내려다봅니다
뿌리도 없이 창백하게

연풍연가

옛적 흘러내린 용암의 길은
바다에 와서야 멈추었다

보풀처럼 일어나는 봄 햇살 아래
닳은 소매 끝이나
빛바랜 꽃무늬 치맛자락으로
칭칭 감겨드는 해조음
젖은 바람이 한참 머물다가는
바지랑대 서 있는
안거리와 밖거리 사이
적막은 수평으로 들끓는다

빌레* 위 물새들은
붉은 발자국 찍어 나르는데
검푸른 파도 앞에 서면
네게 하고 싶은 말은
모두 녹아 소금이 되곤 하여서
한 번쯤은 바람에 묻어
되돌아오는 것이기도 하여서

그리운 너의 옷자락에

반짝, 매달려 보고 싶기도 하여서
바람은 분다

* 너럭바위의 제주어

천년의 복사빛

진시황은 정보력이 있어서
제주로 서복을 보냈다
불로초는 서귀포시
16번 국도 흐르는 무릉리
십장생 구름에 에둘러 있다
정자상회
팽나무 그늘 아래
하르방 두 분, 바둑을 두고
아해는 거북알 쭈쭈바를 빨고 있다
무릉무릉
집배원 아저씨
집집마다
곱닥허게 꽂아주는
복사꽃 소식
거기가 예로구나
탐라국 무릉도원

연서

밤새워 쓴
연서는 홍조를 띤 채
구겨지기 일쑤이지만
콩닥거리는 분홍맥박
다 들켜서
나비는 무게도 없는 행낭을 지고
외딴곳까지 찾아왔다
별스런 연애사야
다반사인걸

짜장 웃긴다

짜장이 순우리말이라니
즐거이 입가에 묻혔던 검은 그것이
면발과 후루룩 딸려 오던 달달한 것이
순우리말이었다니
짜장 웃긴다

노란 단무지가 반달 눈으로 깔깔 웃는다
엄마 아빠 맞선 보던 날
두 청춘 남녀 앞에 놓였던 짜장
졸업식, 들썩이던 탁자
둥글게 김 말아 올리던 짜장
이젠 내 아이들이 좋아하는 짜장

마흔두 살이 되어서야 알았다
짜장이 '정말로'라는 우리말이었다는 걸
자장이라고 말하면 금세 통통 불어 버리고 마는 짜장
오랜만에 내 입가를 훑고 가는 짜장
짜장, 짜장 먹고 싶다

청계연가

남산 아랫동네
청계천 흐르는 곳
바지랑대로 해를 치켜세우며
빨래 너는 이를 본다
집이 되지 못한 옥탑방
그 방보다 넓은 마당
갈라진 시멘트 사이
민들레 압정이 꽂혔다
스티로폼 박스 안 부추가
머리카락을 턴다
미닫이문 샤시 틈으로
새끼 고양이가 얼굴을 내민다
맑은 둥지를 인
오래된 빌딩이 나무로 보인다
그 옆에는
옥상정원을 인 젊은 나무가 우뚝하다
구름의 눈짓이 길다

김빛나라에게
— 단원고 2학년 3반

손바닥만 한 소책자
마지막 페이지

너의 이름을 보고
온몸이 떨린다
엄마, 아빠가
기쁨으로 고심하다
머리 맞대고 지었을
너의 이름을 읽다가
눈을 감는다

빛나라
세상의 빛이 되길 바라던 맘
그대로 이름이 된 너를 읽다가
난 캄캄해진다

이제야
캄캄해진 나를 용서해다오
아직도

캄캄하기만 이 세월을 용서해다오
모질어서
캄캄한 계절도 돌고 도는데

꽃 같은 것도 피고
새 같은 것도 우는데

더는 빛나지 않는다

이팝나무 길을 걷다

오늘도 이팝나무 길을 한 바퀴 돌아왔습니다
이팝꽃이 술렁거리며 부푸는 내 맘 같아서
오래도록 그 길을 걷고 싶었습니다
향기가 가만히 귀밑머리를 쓸어주더군요
때가 되면 피어나는 꽃그늘 아래
더 이상 물을 수 없는 당신의 안부를 묻습니다
세상은 꼭 종이접기 같아서
손톱으로 각을 세워
반듯하게 접고 접어
뭔가를 만들어 이름 붙여야 한다지만
당신께 나는 종이학 한 마리도 건네보지 못했습니다
이팝나무는 하얗게 피고
또 하얗게 질 터이지만
이팝나무 길은 이팝나무로만 서 있겠지요
영원한 사랑이라는 꽃말로 서 있겠지요

2부

어느 날, 사랑이 하는 말을 나는 들었네

우연

번개를 맞은 모래처럼
내 맘은 굳어져
네게로 구부러졌다

우회

모나크 나비는
일억 년 전
슈페리어 호수에 잠긴
산을 기억하며
우회한다

눈물 속
잠긴
당신이라는 산

여름 아침

새가 울고 가자
창문이 이뻐졌다

투명하게
투명하게

소리를 다 받아먹고서

첫사랑

미끄러지듯이 마음이 네게 닿았다

마음이 할 수 있는 게
그저 슬쩍 닿았다
스스로 소스라쳐 스러지는 일이라 해도

그 마음의 기쁨으로
심장이 꽃송어리로 붉어졌다

옹알옹알
처음 배우는 말들이 생겨났다

이층집

당신 손길이 스쳤을 젖은 빨래가 바람에 흔들립니다

마르지 않는 맘 하나가 올려다보는 것도 모르고

마음

바다가 보고 싶은
풀꽃의 마음이
기어이 갯바위 틈에 닿았을 때

자주달개비는
할짝할짝
청보랏빛 바다를 마시고

여뀌는
분홍빛 자잘한 귀를 풀어
바다의 숨결을 듣는다

별리

꽃을 놓친 것처럼
꽃을 놓아주며

나뭇가지는
한껏 늘였던 손목을 거둔다

가지를 놓친 것처럼
가지를 놓아주며

꽃잎은 멀리 가서
아주 울지는 않고 서러웠다

겨우, 맑다

월대

환한 누대

은어는 달의 씨앗

튀어 오른다

금착금착*

수박향 퍼진다

* 두근두근의 제주어

동시 세 편

서랍

하늘 서랍을 열면
누나 무지개 목도리
동생 양털 모자

바다 서랍을 열면
엄마 불가사리 브로치
아빠 미역 넥타이

깨꽃 서랍을 열면
꼭꼭 숨겨둔 꿀
미안한데 달콤해요

다행이야

김씨 아저씨가
맨 먼저 김을 키워서

김이 김이었다니
김빠지지만
김밥은 소풍에 빠질 수 없지

만약 다른 아저씨들이
김을 키웠다면

양밥
소밥
진밥
신밥

윽,
김씨 아저씨라 정말 다행이지

엄마야

머리가 아프다고 하면

엄마는
'컴퓨터 많이 해서 그래' 라고 한다

배가 아파도
열이 나고
목이 아파도
콧물이 나고
기침을 해도
엄마는
'컴퓨터 많이 해서 그래' 라고 한다

사랑, 이별, 추억

사랑

위험을 감수하고,
이 응용 프로그램을 실행하시겠습니까?

이별

응용 프로그램 실행 중
예기치 않은 에러가 발생했습니다

추억

다운로드 중입니다

강아지풀

꼬리로 몸통의 이름을 얻고
살랑이는

저, 무한의 반가움

택지 분양터
주인집 삼아
꼬리 흔드는 강아지풀

아침 댓바람부터
포크레인 들어선다

더욱 세차게 꼬리 흔드는
강아지풀

판화

밤새 초록의 끌로 긁어대는 창밖으로부터
풀벌레 소리 쪽으로 패여가는 가슴으로부터
꽃치자 면사포를 드리우는 여름밤으로부터
어둠에 잉크빛 서러움을 붓는 새벽으로부터

난 얼마나 아득한 별자리인가

탐구생활

신문 배달 오빠를 기다리고
신문 속 로봇 찌빠를 기다리고
무지개를 기다리고
엄마는 가끔 골목에서
토마토를 관으로 샀다
쇳덩이가 균형을 잡던
흥정은 오래된 시소 놀이
푸른 엉덩이를 간직한 채
붉은 잇몸으로 웃던 토마토
베어 물면 꼭지에선 아린 향이 났다
소년조선일보를 기다리고
신문 속 숨은그림찾기를
기다리고
까마중이 익기를 기다리고
달빛 젖은 마루에서
복숭아를 먹었다
복숭아 벌레를 먹으면
이뻐진다고 엄마가 말했다
초조히 숨은 그림을 다 찾아내고

빨랫줄에 걸린 별들이 마를 때
여름 방학은 뭉게뭉게 사라져 갔다

향수

달 밝은 밤
문주란 보러 가면 좋겠다

남아프리카
인도양
태평양 몬순해류 따라 흘러온
달빛 닮은 꽃

까마득한 토끼섬 모래 둔덕
하얗게 떠오르는 사하라의 달

쫑긋거리며 피어나는 꽃의 문장
뜨겁고 아픈 향수,

쏟아진다

우도에서

숨 막혀요
난반사하는 그리움
햇빛투성이로 웃었지요

'하염없이 당신은 내 편만 같아'

수평선으로 밑줄 긋던 문장
서빈백사 흰 알갱이들의 감정
곁을 내어주는 틈이 눈부셔요

이토록
그 여름의 순간 속으로

나는, 날아오르는, 날아가는
청맹과니예요

동자석에게 들키다

돌은 낭을 껴안고
낭은 돌을 껴안아

다스운 숨결로
일어나는 물안개

동백동산
먼물깍

새 물 먹는 소리
가만히 날아온다

분홍바늘꽃

네가 불 지르고 간
비탈길
분홍바늘꽃 돋는다

(꽃말이 떠나간 이를 그리워함이라니
너무 통속적이야)

속수무책
분홍바늘꽃 솟구친다
산불 지나간 자리
제일 먼저 피어난다는 꽃이 품은 바늘이
내게 속삭이기 시작했다
찔러도 피 한 방울 나지 않을 사람이었다고
화마가 쓸고 간 자리, 분홍의 바늘이 심장을 찌른다

산 그림자
내려앉는
분홍바늘꽃밭에서 나는 울었다

포도나무 사원

땅 위에 오랫동안 발이 묶인 가지는 제 스스로 땅속으로 들어가 뿌리를 내리고 조금 떨어진 곳에서 싹을 틔워 또 하나의 포도나무를 잉태시킨다

가지는 뿌리에서 나왔고
뿌리는 가지에서 나왔다
제 스스로 더 깊은 어둠으로 내려가
몸 바꾸는 포도나무 가지
아기 손 같은 포도나무 잎
울렁울렁 태어나는
오래전 오늘

귀로

나, 당신에게 돌아가네

덤불숲
가시덤불 숲
산마루 헤치고
떠오르는
상처 많은 달
구름의 강
반쪽의 아가미

등을 맞대면 우리는 나비
부르지 못할 이름으로 날아오르네

구름목장

뭉게구름 뜬다
실구름 하품해요

꽃구름 향기 맡다
새털구름 베고 자요

삿갓구름 폼나게 쓰고
거친물결구름 호령해요

비늘구름으로 반짝이는 수평선
조개구름이 삼킨 뻘 같은 그리움*

산봉우리구름 너머
무지개구름

빽빽이 밀려오는 양떼구름에
꽥꽥 달아나는 오리구름에

자다 놀라

거먹구름 똥을 싸요

* 문태준 시인의 시에서 인용

구름과 아이

제주시 삼양동 선사마을 지붕 위에는
오래도록 머물다가는 구름이 있어요

몸 바꾸어 헤쳐, 모여 하다
비의 발목으로 뛰어내리기도 하는 구름이 있어요

구름은 움집 마당이나 원당봉 위로 슬쩍
제 몸 그림자를 들여다보기도 하는데요

그때나 이때나 사는 건 매 한 가지
움집 위로 피어오르는 연기를 바라봅니다

마른 솔가지 매캐한 냄새를 타고 흘러나오는
옛이야기는 늘 아련한데요

움집 밖으로 처음 나온 아이의 노란 걸음마를
지켜본 풀잎 위 아침 이슬

그 아이의 엄마가 쓸고 닦던 움집과

살림살이 전부라고 할 손때 묻은 토기들

옛 주인을 그리워하는 삼양동 1660-5번지는
오늘도 문을 열고 기다립니다

이슬은 비가 되고 노란 걸음마는 노란 장화가 되어
다시 흐르고 있습니다

어디선가 엄마를 찾는 이천 년 전 아기 울음, 통통 튀
어 오르는데요

유도화

섬머리
둘레둘레 피는 꽃
심장 끝 퍼져가는 독이 간지러워

가까이 오라고
가까이 오지 말라고
팔월 한나절, 손사래 친다

진분홍 그늘 아래로
귀 세우고
죽으러 가는 꽃뱀 하나

꽃, 없다

모란시장
철창에 갇힌
오골계가 알을 낳았다

몸이 절로 쏟아낸 생의 마지막 고백 같은,

뼛속까지 검은 어미
눈가가 젖어 있다

모란시장엔 모란이 없다
함함한 하늘빛 담아내는 그릇 같은
꽃, 없다

탁주 몇 순배기로 벌써 불콰해진 주인이 알을 꺼낸다

3 부

당신의 여행은 새가 노래를 부르는
작은 묘지에서 끝날 것이다

틈새

틈바구니에
틈틈이
알을 낳은 새

세상은 둥글고 세상은 가슴이네*

모서리가 없는 곳
구석이 없는 곳
새된 외침도
둥글게 돌려주는 메아리

모난 돌도
둥글게
둥글게만
껴안는 호수

동그란 해와 달이
번갈아 비춰주는
세상은 둥글고
세상은 가슴이네

* Niki de Saint Phalle의 말

모유항摸乳巷*에서

가슴이 스쳐야
비껴 걸을 수 있다는 이곳
그 좁은 하늘 밑으로 흘러든 나
굳이 가슴 흉을 쓰지 않은
옛적 사람을 떠올리네
겨우 어깨 폭만한 거리에서
오지 마라
주문을 외우며 걷다가도
마주 오는 저이를 위해
벽으로, 벽으로 물러나며
벽이 되어
길을 내어주는
말줄임표 같은
젖꼭지 네 개가 스치는
이런 길
부옇다

* 대만 루강에 있는 거리

카라코롬 하이웨이*

날 선 그리움들은 공중에도 길을 낸다
천길만길 낭떠러지 옆구리에 끼고
낡은 버스는 그 길을 간다
이 길을 다 가기 전까진 어쩔 수 없다
가끔 죽음 같은 잠은 날아들어
아잔 소리 가득한 버스 속
고개는 종이꽃처럼 흔들렸다
히말라야 설산 골짝에서
짐승의 울음소리 타며 내려오는 인더스
운전대가 꺾일 때, 내 심장도 꺾여
축축이 배어드는 손안에
쓰다만 엽서가 유서처럼 잡히는
찰나,
득도한 듯한 운전수
힐끗 백미러로
날 보며 웃는다

* 파키스탄과 중국을 잇는 '높은 길'

훈자에서 만나요

설산의 흐르는 눈물로 피어나는 꽃
살구꽃 매달린 하늘마다 꽃구름 지나고
꽃구름 지난 자리마다 푸른 살구가 눈을 뜹니다
푸른 살구가 눈을 비비는 산촌에선 연기가 오르고
자욱해지는 초저녁, 산비둘기 꾸욱꾸욱 웁니다
꾸욱꾸욱 살구가 떫은 설움의 결을 삭이는 동안
은하수는 얼마나 많은 별이 슬어놓은 빛들을 껴안는지요
껴안는다는 것은 너와 함께 흐르겠다는 것이지요
보이지 않아도 주야장천 한결로 흐르는 것이지요
살구와 살구나무도 꼭 껴안고 흐릅니다
살굿빛으로만 익어가는 따스한 유전자를 흠흠합니다
설산 이마에 황금빛 햇살이 입맞춤합니다
훈자마을 살구나무 숲에서 우리 만나요

페르시안 석류를 먹다

석류를 처음 먹어 본 건, 스물아홉 살 봄이었다 버스 창밖을 바라보고 있던 내게 히잡을 쓴 이란 아줌마 붉은 잇몸 드러내며 석류를 건네준다 입술 앙다문 그 열매 손 안에 차오르는데 얇은 막을 찢자 솟아 나오는 태양의 적혈구 손톱 밑 으깨진 피톨들이 터진다 입안 가득 고인다 혀를 타고 식도를 범람한다 붉게 물든 잇몸의 나, 사구처럼 앉아 태양의 눈을 삼켰다

이스파한 편지

이맘광장을 돌던 마차는 돌아갔네
바람의 편자가 어지럽게 광장을 휘도네
바자르 골목으로 어둠이 향료처럼 풀리네
페르시아 양탄자가 꿈꾸는 공중정원
유리 진열장에 갇힌 황금 장신구
그 위로 얼비치는 차도르의 그림자
검은 휘장에 갇힌 여인의 날개
비는 빗속에 갇혀서 내리고 있네
종려나무에 깃든 새는 젖은 날개를 터네
세상의 절반이라는 이스파한
비 내리는 저녁의 한 페이지를 읽네

순례

시리아 팔미라 근처
어스름이 노독처럼 깔리는 시간
허기져 식당을 찾는데
메뉴판을 들이대며 호객하는 아라비아 상인의 후예

웨어르 아유 쁘람?
자판?
꼬레아?
한국어로 쓴 후기를 자랑스레 보여준다
'이 식당에서 먹지 마요, 진짜 맛없어요'

한 치의 의심도 없는 검고 큰 눈동자를 두고 왔다

지도에 없는 마을

어느 골목인가
모퉁이 돌아설 때

아, 나는 언제 한 번
이곳에 살았던 사람

부서지는 딱,
이 각도의 햇살
샤프란과 히비스커스
검은 땀 냄새와 말똥 냄새

연두색 앵무새가 새장을 빠져나오듯
이 모퉁이 돌면
진흙 바닥 시장이 있고
당나귀들 웅성이는 곳

마른 무화과 씹으며
짝다리 짚은 저 아이도
까만 눈동자 빛내며

호객하는 아저씨도 낯설지 않은

이곳을 언제 한 번
건너간 사람

세계복식문화사를 읽는 밤

누군가 벌거벗고 울고 있을 것 같다
두꺼운 책 속, 곱게 펼쳐진 옷
곧 움켜쥘 나무꾼의 눈길로 훑어보는데
최초의 부끄러움을 가리던 풀의 속대들
아리따운 허리며 어깨를 감쌌을 아마천
다마스쿠스산 비단실로 수놓아진 옷은 기억하고 있다
그 여름 축제 동안 무화과 따 담았던 바구니를
그 바구니가 살풋 자수를 뜯고 달아나던 오후를
얼룩진 햇빛 냄새, 칭얼거리던 젖 내음
닳은 치맛자락이 끌고 온 해와 달을
푸른 사슴 한 마리 사라진 숲가
들썽이는 달빛 아래
누군가 벌거벗고 울고 있을 것 같은 밤
붉은 색 자수 놓인 드레스
올 풀린 그 옷가슴
실과 바늘로 어루만져
폭포 가까운 바위에 놓아두고 싶다

트라브존에서 온 문자

나도 그곳에 있었죠

한 접시의 생선튀김을 먹던 날
흑해를 물수제비 뜨던 날

당신은 그곳에 있다고
문자를 보내죠

어떻게 문자가 날아오는 걸까

어두운 거리를 뚫고
무거운 구름을 뚫고

나는 말줄임표로 돌을 튕겨내던
검은 유리알 호수 같은 바다가 되고

수많은 파문 속으로
당신을 삼켰지요

융프라우 우체국*에서

해발 4158m
만년의 설원

겨울 넘어 겨울
등뼈로 길게 누운 빙하
그 오래된 마비가 숨차다

바람이 할퀴고 간 자리마다
눈 다시 쏟아져
은빛으로 방목되는 당신의 이름

끝내 쓰지 못한 엽서에
천천히 우표를 붙인다

* 세계에서 가장 높은 곳에 있는 우체국

라피스 라줄리*

눈 쌓인 전나무 가지마다
바람이 멈춰 푸르르르 떤다
창가에는 양초가 흘린 눈물 자국
책상에는 쓰다만 편지
벽난로 식어가는 깊은 밤
어디선가 썰매 지나는 소리
순록의 뿔에 찔린 달빛이 흥건할 테다
순록은 뜨거운 피로 어디를 가나
파란 달이 숨 쉬는 곳
순록의 눈동자에 어린다

* 파란 돌, 울트라마린의 원료

Jeunesse*

파리를 막 빠져나온 세느가
첫 물굽이를 돌기 전

낮과 밤이 서로를
애써 외면하기 전

너무나 외로운 나머지를
손가락으로 헤아려보기 전

그랑자트 섬의 일요일 오후
그림자 함부로 웃자라기 전

점점이 흩어지기 전

돌아와요, 명령이니까

* 청춘

별이 빛나는 밤에

노란 높은음에 도달하기 위해서라네
그것에 도달하기 위해선 스스로를 좀 속일 필요가 있
었다네

노란 집 지붕으로 올라서는 어린 별의 발돋움
별이 빛나는 밤은 얼마나 높은 음계인가
모자 위에 초를 세우고 별을 그리네
높은음은 높은음으로만 이어지고 있네
내가 사랑한 해바라기는 태양의 아바타였네
노란 높은음이 이글거리며 타오르네
나, 결국 타버릴 것이라는 것쯤은 이미 알고 있었다네

음, 음
노란 높은음에 도달하기 위해선 우선
밤의 카페 테라스에 앉아 압생트 한 잔을 마시네
투명한 초록 날개가 겨드랑이에서 돋아나네
아를의 별빛 속으로 날아가는 나를 보네
불타는 각설탕이 흘러내리는 아름다운 밤이라네

79

몽마르트르 가는 길

물랭 루즈 포스터
캉캉춤 추는 무희의 치맛속처럼
환한 골목 돌아가면

고흐가 세 들어 살던 뤼픽 54번지
굳은 물감의 젖은 기억 지나
오르고 오르면

별이 빛나는 밤*에
까마귀 나는 밀밭* 헤치고 온
밀짚모자 쓴 남자
몽마르트르 낡은 회전목마 타고 돈다

밤의 카페 테라스*
노란 등 아래
빛의 색 고르며 설레이는
테라핀 배인 손가락을 본다

덥수룩한 그리움

아무렇게나 자라는 언덕
해바라기 고개를 꺾고 서 있다

* 고흐의 작품명

푸르게 뒹굴다

나 지중해의 푸른 고양이가 되었으면
노릇노릇한 햇살 주워 먹으며
기다란 하품 하나 입에 문 채
그렇게 둥근 오후를 뒹굴었으면

진홍 꽃잎 바스러지는 담장 위
교교한 발자국 찍으면
막 끓어오르는 지중해
달려오는 지중해 지켜봤으면

계단을 질겅질겅 오르는
늙은 노새의 발걸음에 드리워진
푸른 그림자 속에 반짝이는 소금
핥아먹는 고양이가 되었으면

소묘*

언덕투성이
멀리 뻗어 있는 해변
물결치는 검은 눈동자
시골길
흰 방울 소리
함부로 아름다운 폐원
조용하면서도 없어서는 안 될 지붕 꼭대기
어린 사슴과 함께 있는 오래된 교회
한 뼘씩 자라는 계절
어김없이 간간이 야생화
목이 가는 햇빛이 드는 덧창
막 정박하는 배
춤추는 저녁 공기

* 'somyoh'라는 그리스어에서 왔다고 함

노래*

앳된 종달새의 목소리는 사라지고
낙엽의 목소리로 노래하지
어두운 뒷골목에서 흐르는 눈물
세상의 모든 그늘을 빚내어 부르는 노래
슬픔에 이슥토록 취한
말레나는 처음이자 마지막처럼 노래하지
아무도 노래하지 않는 노래를 노래하지
영원 속으로 끊임없이 사라지는
반도네온의 고통스러운 멜로디로
말레나의 노래는 시작되지
묵묵한 심장을 끌어당기는
말레나의 노래를 듣지
천사의 노래에서 멀리 걸어 나온 노래
말라붙은 핏자국 같은 음색
아무렴 흙빛에나 가깝지
길바닥에 뒹구는
누군가 흘리고 간 장갑 한 짝 같은
갈 데 없는 노래를 부르지
노래들 중의 노래를 부르지

아무렇지도 않게
세상은
낯설고 아름다워서

* 원하는 바를 관철하기 위하여 조르며 똑같은 말을 되풀이함

뒤로 나아가다
― 도안응이아 집으로

한국인 증오비 건너편에서 후진을 했지요
현대 관광버스를 타고 미끄러져 갔지요
차창으로 당신인 줄 모르고 당신을 보았지요

폭 좁은 도로 위
돌릴 수 없는 차가 후진을 했지요
전진으로
회전으로 갈 수 없는 당신의 집

당신의 집에 들어섰을 때
낡은 탁자와 빛바랜 플라스틱 의자
당신과 당신 아내와 아들의 빛나는 미소

평화의 봄은 돌아왔지만
사람들은 돌아오지 않는다는 당신의 노래
들으러 후진으로 갔지요

그곳에서 지나온 이야기도 들었지요
핏물과 뒤섞인 탄약물에 눈이 먼

당신의 노래를 들었지요

아기인 당신을 품고
온몸이 방패가 된
당신의 어머니를 들었지요

제주에서
인천
하노이에서
추라이
꽝아이에서
빈호아까지 전진하다
처음으로
뒤로 나아간
당신의 집에서

아침이었다

밀라이 원, 투, 쓰리

그건 학살의 리포트 제목
밀라이가 아니라 쏜미였다
산이 아름다운 마을이었다
아침 일찍 밭에 일하러 갔다가
총소리에 놀라 뛰어온 어미의 눈동자 속
널브러진 아이들

지옥이 아니라 아침이었다

흙 묻은 손으로
네 아이를 부둥켜안게 한 아침이었다
야자나무 허리 총알이 박힌 아침이었다
그들이 씨레이션 속
모닝커피를 마시고 난 후의
아침이었다

4 부

감자를 삶으면 세 개씩 나누어 먹었다

늦가을

길 가는 새의
희디흰 배에 묻어가는 늦가을을
말끔히 올려다보는 늦가을

시월

가득 차면서
간결해졌어요
지문을 없앤 투명한 공기
좋은 각도들이 생겨나요
잎잎이 내어주는 눈부신 낙하
귀를 버리고
가지런하게 몸을 벗어요
나무 속으로 길이 떠나요
휘청이는 길허리
거울같이 반짝이는 강
양치기 구름을 몰고 가는 양떼구름
그을린 살 냄새
걸어 다닌 발자국마다 둥근 고요
초식의 족적
차고 맑아요

편지片紙에 문안하다

편지를 기억해 내가 살포시 썼을 너의 이름도 그 가을 풀벌레 소리에 연둣빛으로 물들던 펜촉도 오래오래 아프고 싶었으나 아스피린처럼 녹던 새벽이 눈꺼풀을 덮어 주었지 너에게 가려고 했던 말은 조각배를 타고 사라져 버리곤 했어 편지를 기억해 너에게로 끊임없이 물결쳤으나 너에게 닿을 수 없었던 거 꽃무늬로 수놓아져 일엽편주一葉片舟로 떠도는 거 초록 잎사귀로 무럭무럭 떠오르는 거 말야

상사하다가,

　오랜만에 든 절물 휴양림 눈길을 묶는 제주상사화 군
락지 노랑과 주황이 만나자마자 헤어진 듯한 색으로 손
을 흔든다 초가을 숲, 연한 오렌지빛 루즈를 칠한 여자
가 한참을 들여다보는 꽃무리 사이 햇살이 어룽거린다
극심멸종위기종인 이 꽃, 저 꽃으로 산제비나비 앉았다,
떠났다 한다 지난여름은 극심한 열대야의 기록을 어디
에다 묻고 이 서늘한 꽃밭을 토해내었을까

　줄기와 잎이 상사하고
　잎과 꽃이 상사하고
　꽃과 나비가 상사하는
　이 절물의 숲 속에

　지난봄,
　둥근 뿌리 안에선
　잎과 줄기와 꽃의 숨결이 한 몸이었다

생生

한쪽 다리를 잃은
귀뚜라미가
울지도 않고
끌고 가는
온 생

독사천

기다란 생을 바닥으로만 끌다 보면
없던 독도 푸르게 솟아날 겁니다
수족 없는 천형의 몸통 속 찰랑이는 독
갈라진 것이라곤 혀밖에 없어서
버드나무 껍질 사이로 숨어들고픈 시절도 있었습니다만
오늘 문득 눈을 드니
건천으로 건너가는 마른 11월의 햇살이 있습니다
한 벌의 젓가락 같은 계절이 다시 차려졌습니다
잡목 사이로 오후의 성찬이 알알이 맺힙니다
독이 오를 대로 오른 하늘은 새파랗습니다
제 몸뚱어리를 하염없이 벗어나려는 것이
제 그림자를 뭉개면서 갑니다

차후

다정한 것들이 다 죽고 사라졌어요

사나흘 꼬박 앓고
지난여름 걸었던 나무와 나무 사이를 다시 걸어요

팥배나무 붉은 가계도가 펼쳐진 길을 걸어요
올려다보면 까마득해져요

누대의 얼굴이 말끔히 돌아와 맺혀있어요
눈매들이 오롯하게 닮았어요

서로에게 묶인 그림자
빛을 견디는 거지요

새가 울고 간 자리
반나절 곱게 말라요

새 그림자가 날아올라요

그래요
벌써 그 일은 오래된 일이 되었어요

오래된 하루

스르룽 스르룽
낫도 잘 들어가는구나
밤과 낮
잘도 베어내는 소리
촐처럼 쌓여가는구나
겹하늬, 고동하늬
불어오는구나
자굴풀씨 닥닥 뛰엄구나
누런 입김 가득해지는
동거문 오름
잔등으로 미끄러지는 저녁
가슬가슬한 혀로 감아올리는
꿩 우는 소리
새카맣구나

저녁이라는 과녁

저 먼 데까지 사람이 사는 집이 있고
당신이 사는 곳이 있습니다

제 살 썩혀 뿌리 뻗는 대지
짐승의 울음무늬를 짜 넣은 들판

울긋불긋 풀려나오는 노을
양떼 모으는 휘파람 소리

오래 길들여진 저녁을 몰고 가는
당신의 뒤축

그저

굴철이었고
비가 많이 내렸다

따야 할 굴들이 빗속에 우두컨했다

전구처럼 환했다
속만 부끈다*

* 수확할 시기에 비가 많이 오면 감귤 껍질에 공기층이 생기는 현상

겨울 동안

감자는 많았고
눈은 내렸다

알짝지근한
반달로 뜨는 감잣국

총총 썬 파들의 운행을
당신과 먹는 아침

분이 많은 눈이
내렸다

옛집이 춥지 않느냐고 누군가 물어온다

비닐로 덧댄 창문
전깃줄 우는 소리
귀가 시려
입김 올리면, 겨울

자꾸 사라지는
먼 곳을 발명하다
눈을 가늘게 뜨던 날들이 생겨났다

아랫목
식어가는 주발
따듯했던 한때

쥐들의 달음박질
쥐오줌꽃 피어나던 천장

요의처럼 밀려오는 안부
귓가에 노랗게 번진다

겨울 편지

문자의 기원이
사슴 발자국이란다

향그러운 뿔을 가진
그 짐승의 못다 한 말이
발 아래 문자로 찍혔지

여린 발목으로 봄 숲을 뛰어다니다
더러는 숨 막히는 쫓김에 내달렸을 거야
꽃향기에 취해 흘림체로 걷기도 하고
늦여름 햇살 아래 졸다가
긴 목 쓰다듬는 건들바람에 화들짝 놀라기도 하고

눈이 내리면
소복이 돋아나는 초식의 발자국
봄까지 이어지는 하염없는 편지가 되었데

겹

누가 먼저랄 것도 없이 고백 이전의 눈빛 서로에게 겹쳐 어두워지기 힘든 밤은 곤란하지 창 너머, 겹황매 그리 명랑하여 터뜨린 웃음으로 그늘은 달아나고 엎질러진 눈물은 담을 수 없네 기쁨의 문설주에 날리는 머리카락 오월의 손편지가 도착하네 받침마다 꾹꾹 눌러 쓴 향기 빼곡하네

시

어떻게 내 이름을 알았는지
왜 당신은 이름이 없는지
서너 생애쯤은
가뿐히 건너와
아지랑이처럼 시작되고 있는지
높은 곳에서 악기는 익어가고
달디단 음들이 지느러미를 저어
귀엣말로 간지럽히는지
이름이 없는 당신은
이름이 없이도
있는 당신은
내 이름을 자꾸 부르고
나는 듣네

문수가 아프다
― 고우니모루의 아침

아침이면 수면에 햇살이 뛰어놀았지
빛이 빛을 몰고 다니는 빛의 방목지
목마른 밭을 적셔 줄 물의 낯은 흰칠했어
뭉게구름 쉬었다 가는 저수지의 한낮은
께벗은 아이들의 놀이터
밭담에 벗어 놓은 갈중이*는 여직 마르지 않았는데
먹장구름 한 떼가 뒤덮여오는 북쪽 하늘가
오소소 소름이 온몸을 쓸고 가더니
문득 먼 데서 쇠기러기 날아들고
붕어는 물풀 속에 제 그림자를 숨겼어
고우니모루 둑으로 쏟아지던 겨울비
세찬 빗줄기에 패여 나가는 붉은 화산토
살얼음판 끼인 물가로 부서져 내린 스물 여의 목숨꽃
저수지 가득 핏물로 흩어지던 새해라니
반쯤 넋이 나간 아즈망이 건져 올린 신은 남자의 것이
었어
　어림 280mm는 되어 보이는 검정 고무신 한 켤레
　아들이었고, 남편이었고, 아비였던 한 남자가
　남긴 족적

가슴에 그러안는데
화인으로 새겨지는 문수가 뜨거워
아즈망은 둑방에서 구르고 또 굴렀지
흰 저고리 흙물 드는데
잠시 맨발의 그가 돌아보았어

* 풋감으로 물들인 웃저고리

나무에게 빚지는 자

그늘에게
이끼에게
놀란흙에게
콩벌레에게
개미에게
햇살에게
바람에게
어린잎에
나이테에게
지빠귀에게 빚지는 자

나무는 그대로 시인데
나무는 바람따라 흐르는 시인데
나무는 반짝이다가도
빈 몸으로 저물 줄 아는

살아있는 동안
느꺼이
한 번도 쉼 없는 시인데

나무를 베어
시집을 낸다

허밍

입술에 머무는 이름으로
내내 허기지는 일이 되었다

맑은 둥지를 찾아가는 여정

이 경 호(문학평론가)

예로부터 한약의 효험은 끓이는 방법과 긴밀하게 연관되어 있다. 보통 "달이다"라고 표현되는 한약 조제의 비법은 약한 불에 오랜 시간 끓이는 효과에서 비롯되는 법이다. 약재의 성분이 속속들이 우러날 뿐만 아니라 보조약제들과 농밀하게 어울리기 위한 방편일 터이다. 그런 점에서 한약 달이기의 핵심은 화력과 시간의 은근함을 보장하는 조건에 달려있다고 규정해도 무난할 법하다.

그런데 은근함을 도모하는 달이기의 비법이 한약 조제의 경우에만 적용되지 않을 수도 있다. 신태희 시인이 이번에 펴낸 시집을 읽으면서 누릴 수 있는 상상력과 표현법의 특징도 그런 은근함의 비법을 활용하고 있기 때문이다. 이번 시집에서 가장 도드라진 성취를 과시하는 작품에서 음미해볼 수 있는 물맛의 정취가 대표적인 경우다.

> 가시나무 뿌리를 훑고
> 동백나무 뿌리를 쓰다듬고
> 고사리삼 여린 뿌리에 닿고 온 물이
> 먼물깍에 도착했습니다
>
> 먼물깍에는
> 동백동산 뿌리의 숨결로 키워낸 순채 가득합니다
> 둥근 잎이 꼭 물의 눈매만 같습니다
>
> 순채 뿌리는 아무 맛도 없는 맛
> 그 맛을 더하면 청정무구해진다는 음식의 맛
> 맛의 지극은 무미여서 다른 맛을 돋보이게 할 뿐
> 나서지 않는 거라지요
>
> 돌고 돌아온 먼 물의 맛을 보고 싶습니다
> ─「먼물깍에서」 전문

물맛의 정취는 시편의 제목에서부터 암시되고 있으니, 동백동산을 대표하는 습지인 "먼물깍"이란 명칭 속에는 마을로부터 먼 곳이라는 "먼물"의 뜻과 구석진 곳이라는 "깍"의 뜻이 함께 내포되어 있다. 마을에 물이 귀했던 시절에는 이곳까지 물을 길어왔다고 하니 시간과 노력을

요청했던 식수 사정을 어림할 수가 있다. 그런데 앞에서 언급한 한약 달이기의 은근함 속에도 시간과 정성이 요구되었으니 약을 얻거나 물을 얻는 방법이 크게 다르지 않음을 짐작할 수가 있다.

서둘러 얻을 수 없는 물의 이치가 "먼물"의 속뜻이라는 점에는 습지의 속성도 관여되어 있는 듯하다. 보통 습지의 물은 수목과 이끼류를 감싸 안으면서 존재하기에 연못이나 호수처럼 온전한 물의 형태만을 내보이거나 풍부한 수량을 과시하는 법도 없다. 습지의 물은 함께 어우러진 공존의 자태를 은밀하게 선보일 때가 많기 때문이다. 따라서 "먼물"이란 마을로부터 멀 뿐만 아니라 물 자신으로부터도 멀어진 물의 존재 속성을 구현할 수가 있다. 물 자신으로부터 멀어진 물이란 고립되거나 자족적인 상태를 배제하고 다른 존재와 어울리기 위한 여행을 나서는 물의 상태를 가리킨다. 그 여행은 "가시나무 뿌리를 훑고/ 동백나무 뿌리를 쓰다듬고/ 고사리삼 여린 뿌리에 닿고 온 물"의 역할로 표현될 수 있다.

이 작품에서 주목해야 할 또 다른 물의 역할은 물의 여행이 마련한 결실이 다른 존재들과 어울리는 상태로만 마감되지 않는다는 점에 있다. 물의 여행은 소통과 교감의 상태로 나아가다가 양육의 단계를 거쳐 마침내는 일체가 되는 경지를 연출해낸다. 그런 경지를 열어 보이는 대상이 바로 "먼물깍"의 "순채"다. 순채는 물과 교감하면서 자라나는 대상이지만 그 자체로 물의 화신이기도 하다. "둥근 잎이 꼭 물의 눈매만 같습니다"라는 시행 속에 그런 일체감이 표현되어 있다.

그런데 일체감의 보다 깊은 비밀은 순채의 맛에 표현되어 있다. 첫째로는 "아무 맛도 없는 맛", 둘째로는 "청정무구해진다는 음식의 맛" 그리고 마지막으로 "다른 맛을 돋보이게 할 뿐/ 나서지 않는 거"라는 순채의 맛은 사실은 물의 존재 속성을 구현하고 있는 것이다. 이와 같이 "먼물깍"의 물은 먼 여정을 통해서 자신의 존재 가치를 걸러내고 비워내는 변화를 보여준다. 그 여행은 스스로 무화되면서 중생을 제도하는 보살행의 구도 과정과 유사하기도 하다. 아니 중생을 제도한다기보다 중생으로 거듭나는 존재의 속성을 구현해낸다. "돌고 돌아 온 먼 물"의 여행이란 그렇게 스스로를 비워내면서 자연의 이웃들을 보듬고 그들과 일체가 되는 은근함의 수행법을 실천해 보이는 것이다.

신태희의 이번 시집에서 주목할 또 하나의 특징은 "먼물깍"의 "나서지 않는" 존재들을 주목하고 있다는 점이다. 그것들은 크기도 작고 눈에 잘 띄지 않는 데다 구석에 자리 잡고 있는 자연의 존재들이라는 특징을 보여주기까지 한다. 꽃으로 비유하자면 제비꽃과 같은 것이 될 수 있겠다. 어디 꽃뿐이겠는가. 그것들은 다음과 같은 미세한 존재의 기미를 통해서 생의 소중한 이치를 환기해준다.

밤새워 쓴
연서는 홍조를 띤 채
구겨지기 일쑤이지만
콩닥거리는 분홍맥박
다 들켜서
나비는 무게도 없는 행낭을 지고
외딴곳까지 찾아왔다
별스런 연애사야
다반사인걸

-「연서」전문

  이 작품은 자연의 작은 지체를 시의 대상으로 품으면서 두 가지 이치를 일깨우는 효과를 발휘한다. 첫째는 시행이 짧다는 점이다. 짧은 시행들은 작은 대상들의 크기와 상응하는 효과를 만들어낸다. 작은 대상과 어울리는 짧은 시행에서 빚어지는 움직임이나 자태는 얼핏 눈에 띄기 어려운 미세한 기미를 드러내 보인다. 이렇게 미세한 기미를 관찰하고 표현해내는 신태희의 시선과 상상력은 타고난 기질에서 유래한 듯하다. 남들 앞에 나서기 싫어하고 조용한 생의 구석 자리를 눈여겨보는 기질로 삶과 시를 이끌어가는 시인의 모습이 눈에 밟힌다. 이것이 자연의 작은 지체를 대상으로 삼은 시들이 일깨우는 첫 번째 이치이다.

  그렇다면 두 번째 이치는 무엇일까? 그것은 바로 절제와 여백의 미학이다. 절제의 미학이 시행을 압축시켰으며 여백의 미학이 미세한 기미를 큰 울림으로 되받아치는 효과를 만들어낸다. 그 과정을 음미해보자.

「연서」의 경우에 시적 대상으로 선택된 나비는 노랑나비로 보인다. 우리나라에서 가장 흔하고 가장 작은 나비라서 눈에 띄지 않지만, 노랑나비는 연한 노랑이 연서를 적어내기에 맞춤한 편지 색깔이라는 점을 환기해준다. 이 작품의 압축 효과는 두 군데서 발견된다. 첫 번째는 "연서는 홍조를 띤 채/ 구겨지기 일쑤이지만"과 "콩닥거리는 분홍맥박/ 다 들켜서"의 대조 효과에 있다. 연애의 속마음을 편지로 드러내기란 쑥스러우면서 어렵기도 하다. 글로 표현하기 쑥스러운 마음을 "홍조를 띤 채"라고 표현하였으며, 글로 표현하기 어려운 마음을 "구겨지기 일쑤"라고 표현해 놓은 것이다. 시각적인 압축미가 돋보이는 구절들이다. 실제로 사랑하는 마음을 표현하는 글귀가 성에 차지 않아서 얼마나 여러 번 편지지를 구겨버리고 문장을 다시 써내려가야만 했던가. 그런 점에서 컴퓨터 이메일로 전송되는 탓에 각고의 흔적을 말끔하게 지워버릴 수 있는 오늘날의 연서에는 절실함의 무게가 휘발되어 버린 느낌이다.

그렇다면 나비는 어떤가? 나비의 가벼운 날갯짓이 연서를 대표할 만한 것이라면 그것은 이메일에 가까운가? 더구나 나비의 날갯짓에는 구겨진 흔적도 없다. 하지만 나비의 날렵하고 활짝 펴진 날갯짓은 가벼움을 담아내기보다 설렘을 담아낸다는 사실을 간과해야만 한다. 나비의 날갯짓에는 "콩닥거리는 분홍맥박/ 다 들켜"버린 사랑의 달뜬 마음이 온전히 담겨있는 것이다. 따라서 이 작품의 두 번째 압축 효과를 표현해놓은 "나비는 무게도 없는 행낭을 지고/ 외딴곳까지 찾아왔다"에서 "무게도 없는 행낭"이란 단지 가벼움을 암시하고 있는 것이 아니다. 그것은 사랑에 온통 도취해버려 사랑이 감당해야만 할 현실의 무게를 잊어버린 마음을 표현해놓고 있는 것이다.

그런데 두 번째 압축 효과를 표현해놓은 구절 중에서 "무게도 없는 행낭을 지고"보다 절실한 내용은 "외딴곳까지 찾아왔다"라고 지적하고 싶어진다. 사랑하는 마음으로 찾아가는 곳이 앞에 인용한 작품에서 "먼물"의 여행이 도착하는 곳과 겹쳐 보이기 때문이다. 그곳은 바로 제주도 방언으로 "깍"에 해당되는 장소의 속성을 환기해주고 있는 것이다. 남들 눈에 잘 띄지 않는, 번잡하지 않고 구석진 곳. 그곳에 있는 대상을 사랑하는 마음은 찾아가고 있는 것이다.

외딴 자연의 공간 속에 자리 잡은 작은 지체들을 사랑하는 마음은 그것들을 표현하는 문체에도 영향을 미쳤다. 앞에서 지적한 대로 절제와 여백의 미학을 추구하는 문체가 동원된 까닭이 그 때문이다. 절제와 여백의 미학을 추구한다는 것은 작은 것에 대한 사랑이 전체를 포기하고 부분에만 집착하지 않는다는 사실을 암시해주고 있다. 신태희가 「먼물깍에서」라는 작품에서 소통과 공존, 그리고 일체화의 관계까지 돌아보고 있는 사실이 그 증거인 셈이다. 그런 증거가 보다 확연하게 제시되어 있는 작품을 살펴보도록 하자.

> 남산 아랫동네
> 청계천 흐르는 곳
> 바지랑대로 해를 치켜세우며
> 빨래 너는 이를 본다
> 집이 되지 못한 옥탑방
> 그 방보다 넓은 마당
> 갈라진 시멘트 사이
> 민들레 압정이 꽂혔다
> 스티로폼 박스 안 부추가
> 머리카락을 턴다
> 미닫이문 샤시 틈으로
> 새끼 고양이가 얼굴을 내민다
> 맑은 둥지를 인
> 오래된 빌딩이 나무로 보인다
> 그 옆에는
> 옥상정원을 인 젊은 나무가 우뚝하다
> 구름의 눈짓이 길다
>
> ㅡ「청계연가」 전문

이 작품에서 사랑의 관계는 자연과 문명으로 설정되어 있다. 「먼물깍에서」는 자연 속의 대상들끼리 품고 공존

하던 관계가 「청계연가」에서는 이질적인 대상들끼리의 관계로 확장되어 있는 셈이다. 신태희의 시세계에서 시의 배경이 되는 공간은 그것이 자연이든 도회지의 공간이든 여전히 외딴곳이며 한갓지거나 변두리라는 공통점을 간직하고 있다. 어쩌면 그런 공간적 공통점이 자연과 문명의 관계를 맺어주는 근거로 작용하고 있는 듯도 하다.

예를 들어 "바지랑대로 해를 치켜세우며/ 빨래 너는 이를 본다"와 같은 표현에서 "해"와 "바지랑대"의 교감은 변두리 건물의 옥상이라는 배경 속에서 성립하는 것이다. 또한 "바지랑대로" 빨랫줄을 치켜 올리는 상황을 "해를 치켜 세우"는 것으로 교감하게 만드는 정황은 "갈라진 시멘트 사이/ 민들레 압정이 꽂혔다"는 정황 속에서 한층 절실하게 부각된다. 어디 그뿐이랴. "스티로폼 박스 안 부추가/ 머리카락을 턴다"에서 의인화된 교감의 내용도 자연스럽지만 "맑은 둥지를 인/ 오래된 빌딩이 나무로 보인다"는 표현에 이르면 다시 한 번 교감의 근거가 무엇인지를 뚜렷하게 확인시키려는 의도가 엿보인다. 자연을 도회지의 문명과 교감시킬 수 있는 근거가 외딴 변두리의 공간이라는 공통점 말고도 오랜 시간이라는 또 하나의 공통점으로 마련되어 있기 때문이다. "갈라진 시멘트 사이"로 "민들레"가 자라나게 만들어 놓은 것도 오랜 시간의 힘이며 "빌딩이 나무로 보"이게 만든 것도 오랜 시간의 힘이었던 것이다. 오랜 시간을 간

119

직하는 것은 본래 자연의 가장 기본적인 속성인데 변두리 도회지 건물이 그런 속성을 품어가면서 자연과 문명의 교감 효과가 생겨난 것이다.

신태희 시인은 도회지 건물이 시간을 품어내는 것을 "맑은 둥지를 인" 것이라고 규정해본다. 문명의 환경 속에서 자연을 품어내는 비밀은 그렇게 소박한 자연의 생명체가 깃들도록 배려하는 시간을 오랫동안 확보해내는 일이라는 사실을 "맑은 둥지"에 비유하고 있는 것이리라. 그런 점에서 이 마을이 "청계천 흐르는 곳"이라는 사실도 예사롭지 않아 보인다. 맑은 시내가 흐르는 자연 환경을 곁에서 누린다는 점도 "맑은 둥지"를 마련해 놓은 것으로 보이기 때문이다. 이런 둥지를 거느리는 마음이 신태희 시인의 이번 시집을 이끌어가고 있으며, 어쩌면 그녀의 삶마저 인도해가고 있을 것이다.